Edition punto y coma

Spanisch für Anfänger
Español para principiantes
Spanish for beginners

EDITION PUNTO Y COMA

Yo me llamo Javier

¿y tú?

Pablo Martínez-Calleja

Edition punto y coma

Proyecto, texto original y apéndice didáctico | Projekt, Originaltext und didaktische Vorschläge:
Pablo Martínez-Calleja | www.yomellamojavier.de

Cubierta | Umschlag: "El bosque de Oma" (A. Ibarrola) – Composición libre por Beto Coutinho
Ilustraciones interiores | Zeichnungen: Carmen Hoz Bedoya

Correcciones | Textkorrekturen: Marta Cormenzana Díez

Diseño gráfico y maquetación | Grafische Gestaltung: Beto Coutinho y Joaquín Matías

Página web | Web
Diseño y maquetación | Grafische Gestaltung: Beto Coutinho y Joaquín Matías
Voces de la audición | Stimmen:

Diseño de la Edition punto y coma | Grafische Gestaltung der Edition punto y coma:
Beto Coutinho y Joaquín Matías

Imprenta | Druck: JVA Geldern
1a. edición (2 500 ejemplares) | 1. Auflage (2 500 Exemplare): Lüneburg, Alemania | Deutschland 2004
Editor | Verleger: Pablo Martínez-Calleja, Edition punto y coma

ISBN: 3-00-013023-3

A mis estudiantes,
en especial a los de la vh de Ulm, Hamburg
y Lüneburg, y a los de la FH de Ulm y de Lüneburg

ÍNDICE

ÍNDICE

Nota del Autor

Así podría empezar una clase:

- Yo me llamo Pablo. ¿Cómo se llama usted?

Caras de duda, de súplica, de desesperación. Pero siempre hay alguien que intuye, que imagina o que ya sabía...

- Ingrid. Yo me llamo Ingrid.

Y otra persona que se apunta:

- Yo me llamo Jürgen.

Rápidamente acaba eso que se consideraría clase frontal y se forma una rueda en que todos se preguntan entre sí. Claro que sin la perfección fonética de un nativo, pero con consecuciones ya interesantes. Todo lo había ido escribiendo en la pizarra (maravilloso instrumento). Y no podía faltar, tampoco, la buena orientación de alguno de los participantes que se habían inscrito en mi curso, para lo cual habían tenido que leer el programa en su propia lengua. Y en el programa está mi nombre junto a su curso. Y unos se ayudan a otros... Y el profesor...

La primerísima presentación había sido dada en su propia lengua a los participantes del curso, recién llegados. Mi presentación, quiero decir. Y no es cuestión de trucos, sino simplemente de haber decidido qué era para mí lo importante de mi presentación el primer día de un curso en el que todos nos encontramos por primera vez. El objetivo siempre estuvo claro: que sea una magnífica experiencia de aprendizaje exitoso, que salgan de clase contentos, pero contentos por poder entender, quizá pronunciar, los primeros rudimentos de la lengua a la que se acercan para hacerla suya. En esa presentación había dicho cosas que luego utilizaría para ese primer aprendizaje de la lengua. Y si se dice, creo que con acierto, que lengua es comunicación, comunicarnos es poder conocer y darnos a conocer.

- Yo soy de Bilbao. ¿De dónde es usted?

Aquí me solía llegar mi primer desastre importante, porque todos me respondían que eran de Ulm, o de Hamburgo. Y yo me daba cuenta de que eso no debía de ser siempre así.

- Yo vivo en Ulm. ¿Dónde vive usted?

Entonces llegaba un "Ah!", y luego:

- Yo soy de Stuttgart.

Y seguíamos:

- Yo soy de Bilbao. ¿De dónde es usted?
- Yo soy de Ummendorf. ¿De dónde es usted?

Y continuábamos:

-Yo vivo en Ulm. ¿Dónde vive usted?
-Yo vivo en Langenau. ¿Dónde vive usted?

Y una rueda final para resumir y fijar lo conseguido:

- ¿Cómo se llama usted?
- ¿De dónde es usted?
- ¿Dónde vive usted?

Hubiera cambiado el modo de hacer de no haber podido escuchar casi siempre que agradaba ese modo de empezar (y de continuar). Ya sé que los libros..., que todos los que escribimos en algún papel proponemos cosas a nuestro modo. Y ese modo nuestro tiene que ver, no faltaba más, con nuestras experiencias. La mía es que a muchos participantes de cursos les molestan dos cosas fundamentalmente: la cantidad de manuales para aprender que tienen ya en casa guardados y lo aburrido que es seguir sólo el manual.

Alcancé la conclusión de que yo tenía que poder ofrecer algo más vivo y dinámico a mis alumnos o participantes, sin prescindir del manual pero complementándolo o potenciando lo que el manual de clase ofrece: lecturas. Lecturas fáciles, sencillas, al alcance del alumno o participante.

La importancia de la lectura queda, para mí, fuera de toda duda. Entiendo la lectura como una necesidad y como una tarea frecuente y necesaria en la adquisición y la puesta al día de los conocimientos. Mis alumnos han experimentado con Javier la dificultad que al aprender le es intrínseca y el placer de quien, cargado de curiosidad y deseo, se aproxima a una tarea abordable.

Ustedes, estimados colegas y alumnos, dirán qué les ha parecido el intento. Ojalá disfruten.

El autor

Primera Parte

Capítulo I

Yo

Yo me llamo Javier Díez Martín y soy de Asturias. Mi número de teléfono es el 94 453 24 76. Tengo veinticinco años. Hablo tres idiomas: español, inglés y francés. Vivo en Bilbao, en la calle Alameda de Urquijo, 25. Trabajo como camarero y estudio Derecho en la Universidad de Deusto, como el rey Juan Carlos...

Capítulo II

Mi familia

Mi familia es numerosa. Mi padre se llama Felipe. Es de Asturias, de un pueblo pequeño. Vive con mi madre. Mi madre se llama Teresa.

Nosotros somos tres hermanos. Mi hermano mayor se llama Carlos y está casado con Ana. Carlos es mecánico de coches y Ana es enfermera. Los dos viven en León. Tienen dos hijas pequeñas: Marta y Claudia.

Mi hermana Araceli está soltera y vive en La Coruña. Trabaja en una oficina como secretaria, pero es periodista sin trabajo. Vive sola en un apartamento. Tiene dos novios y no sabe por cuál decidirse.

Capítulo II a

Mi familia

Mi padre tiene setenta y cinco años. Es alto, delgado y moreno. Tiene el pelo negro todavía. Mi madre es más joven, tiene sesenta y cuatro años. Es baja, delgada y tiene el pelo blanco.

Mi hermano Carlos tiene cuarenta y tres años y su esposa, treinta y nueve. Marta y Claudia tienen cinco y siete años. Carlos es alto, rubio y un poco gordito. Ana es baja, morena, de ojos verdes... Es muy guapa. Mis sobrinas son preciosas y muy divertidas.

Yo soy moreno, alto y delgado. Tengo el pelo rizado, los ojos verdes y no me como una rosca. Bueno, sí, salgo con Conchi. Solo tengo tiempo para trabajar y estudiar. ¡Y ya estoy en quinto de carrera...!

Capítulo II b

Los apellidos

Yo me apellido Díez Martín. Díez es el apellido de mi padre. Martín es el de mi madre. Mi padre se apellida Díez Zamorano, y mi madre, Martín Requejo.

Conchi se apellida García Quevedo. Nuestros hijos, si Conchi y yo tenemos hijos..., Díez García o García Díez: primero el del padre o el de la madre.

Capítulo III

Mi casa

Mis padres tienen una casa preciosa en el campo. Es una casa antigua de piedra. Yo, en Bilbao, tengo una habitación bastante grande. En mi habitación tengo una cama grande, un armario para la ropa, una estantería para los libros y una mesa para trabajar. Sobre la mesa tengo el ordenador portátil (un regalo de mis padres), el escáner y un montón de papeles. La mesa está junto a la ventana. Las paredes son de color verde y el techo, de color pistacho. La moqueta es marrón.
Mi habitación tiene dos puertas. Una puerta da al pasillo. Las

ventanas dan a un patio con un jardín en el centro. La cocina tiene de todo: frigorífico, lavadora, horno, cocina eléctrica y de gas, horno microondas. Hay también todo tipo de cacharros para poder cocinar. Los platos, vasos y cubiertos son todos distintos, pero no me importa. Además, esto es típico en los pisos compartidos...

Junto a la cocina está el comedor. La mesa está siempre pegajosa y hay que limpiarla antes de sentarse a comer.

El salón está al otro lado del piso. Hay una televisión en blanco y negro muy vieja y un equipo de música bastante nuevo, pero está estropeado y nadie lo arregla.

Capítulo IV

En clase

En la Facultad las clases tienen mucha luz gracias a las ventanas: una de las paredes está llena de ventanas. Las paredes y el techo son blancos, y el suelo es de madera. Hay dos puertas. Hay una pizarra grande de color verde y una pantalla para el proyector de transparencias.

La clase está siempre llena de estudiantes y yo voy muy pronto para coger un buen sitio. Después de clase vamos a la cafetería de la Facultad o vamos a casa. Los viernes, si hay tiempo, nos reunimos a cenar en casa de alguien. O salgo con Conchi...

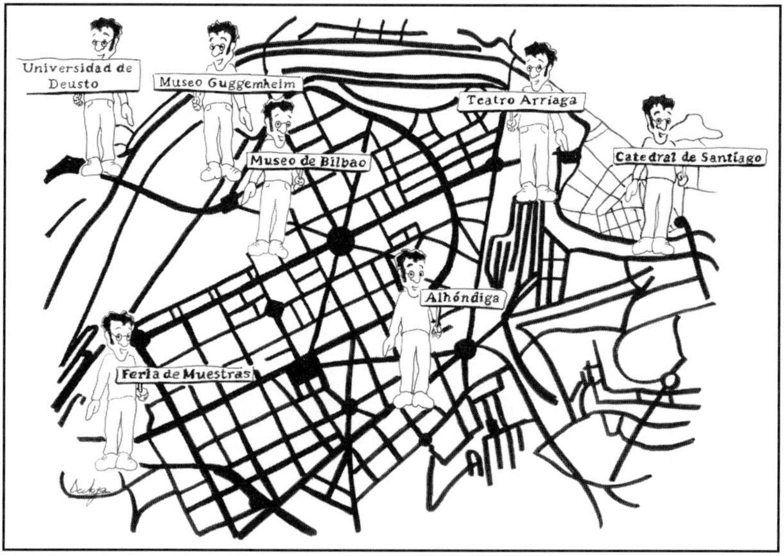

Capítulo V

Bilbao

Yo vivo en Bilbao, en la calle Alameda de Urquijo, 25, cerca de la Quinta Parroquia. La Universidad no está muy lejos y voy a pie. Cuando llueve voy en metro.
Bilbao es una ciudad mediana, pero bastante interesante e importante. El puerto de Bilbao, por ejemplo, tiene un gran tráfico. Hay aeropuerto con vuelos a otras ciudades y países, estación de ferrocarril con destinos diversos y estación de autobuses con conexiones a todas partes.

Tenemos un museo muy famoso en todo el mundo, el Guggenheim. El Museo de Bellas Artes es también un buen museo. Hay dos universidades.

La ciudad está rodeada de montañas y tiene un río, el Nervión. El mar está muy cerca (a unos catorce kilómetros) y hay playas para bañarse (cuando no tienen chapapote).

Capítulo VI

Me gusta comer

A mí me gusta comer y me gusta cocinar. Para empezar, me gusta ir al mercado a hacer la compra. Cocino para mí solo, pero también me gusta invitar a mis compañeros de clase y a Conchi, que está en cuarto de carrera y me gusta muchísimo. Y es la más lista de todos nosotros con diferencia.

Me gusta comer pescado y no me gusta nada comer carne. Suelo preparar crema de calabaza, que me gusta mucho. Pero me gustan mucho, también, las ensaladas, el arroz con tofu o con champiñones, los espaguetis con bechamel, las sardinas fritas. De postre me gusta comer queso y fruta.

Capítulo VI a

La compra

El Mercado de la Ribera está siempre lleno de voces y de olores. En el semisótano están las pescaderías; en la planta baja están la carne y los embutidos; en el primer piso, las verduras y las frutas.
Javier sube al primer piso a comprar fruta.

Javier: ¿El último, por favor?

7 **Una mujer:** Soy yo.

Javier: Gracias.

9 Por fin le toca a Javier.

El tendero: ¿A quién le doy?

11 **Javier:** A mí, por favor. Quería un kilo de naranjas.

El tendero: ¿Algo más?

Javier: Sí. Plátanos.

El tendero: ¿Cuántos quiere?

Javier: Seis. Y tres kiwis.

El tendero: Plátanos y kiwis. Más.

Javier: Medio kilo de manzanas (el tendero coge y pesa las manzanas), medio kilo de espinacas (hace lo mismo con las espinacas), cuarto de kilo de tomates del país (lo mismo con los tomates) y eso es todo. ¿Cuánto es?

El tendero: Cuarenta y cinco euros justos.

Javier: ¿Está seguro?, ¿tanto?

El tendero: Tiene usted toda la razón, los precios están por las nubes.

Capítulo VII

Las comidas

Hay gente que dice que comemos muy tarde. Nosotros podemos decir que cuando ellos comen, en realidad, desayunan. Por la mañana tomamos un café. A media mañana comemos algo. A mediodía vamos a comer a casa, entre las dos y las tres.
Especialmente a los vascos, nos gusta comer mucho, muchísimo. No solo en cantidad, sino en calidad. ¿Qué comemos?

De todo. Por ejemplo, una sopa para empezar. Una sopa de pescado. De segundo plato, un filete de ternera. De postre, fruta o arroz con leche, por ejemplo.

Capítulo VII a

Primer aniversario

Javier y Conchi llevan cinco meses de novios y lo celebran con una cena en un restaurante.

Camarero: Buenas noches (el camarero les entrega la carta).

Conchi: Hola.

Javier: Buenas.

Conchi y Javier leen la carta.

Conchi: Yo quiero beber vino blanco y agua mineral.

Javier: ¿Ya sabes qué vas a comer?

Conchi: Todavía no, pero tengo sed. Y, sea lo que sea, voy a beber vino blanco. Estoy harta de que los españoles tengamos que beber siempre vino tinto.

Javier: Vale, vale, de acuerdo... (Levanta la mano para llamar al camarero.)

Camarero: Dígame.

Javier: Una botella de albariño y agua mineral. ¿Tienen Vichy?

Camarero: Sí, claro. ¿Y para comer?

Javier: Estamos mirando todavía.

El camarero trae las bebidas. Javier sirve vino y agua en las copas.

Javier: ¿Brindamos por nosotros?

Conchi: Vale, por nosotros (y la copas chocan).

Javier: ¡Por nuestros cinco meses!

Conchi: ¡Por nuestros cinco años!

Javier: ¿Cinco años...?

Conchi: Sí, cinco, diez, quince, veinte...

Javier: ¡Y quinientos! Yo cuento mi vida por meses. Y quiero comer pescado.

Conchi: Hijo, cómo te pones...

Capítulo VIII

Los mejores restaurantes

Los mejores restaurantes de Bilbao están en el centro de la

ciudad. Hay uno muy bueno en la calle Ledesma, una calle paralela a la Gran Vía. Otro muy recomendable está en las "siete calles", al final de la calle Somera, casi en la esquina con la calle Ribera, cerca del mercado. Hay una buena pizzería muy cerca del Guggenheim: La foca Nicanora. Pero la verdad es que en Bilbao hay un millón de restaurantes y casi todos son buenos o muy buenos.

Capítulo IX

Los viernes

Lo que más me gusta son los viernes. Quedo con Conchi, nos ponemos guapos y vamos al teatro o al cine si ponen algo interesante. Después vamos a cenar a algún restaurante del centro o cenamos en su casa, que es más bonita que la mía. Durante la cena, charlamos con pasión sobre la obra que hayamos visto y, a veces, salimos a bailar o vamos a alguna fiesta si nos han invitado.

Capítulo IX a

Mi lugar en el mundo

Mi país ideal es una ciudad, la ciudad más hermosa del mundo. Por la ciudad pasa el río más largo del mundo, el más ancho, y necesitamos los puentes más altos y más largos del mundo. La catedral más alta del mundo y la más antigua están también en mi ciudad.

En el río tenemos los peces más bonitos, más gordos y más sabrosos del mundo. Nuestro puerto es el más importante y tiene los mejores barcos de vela y de motor. Además, tenemos al pirata más pirata del mundo: es tuerto, es manco y tiene una pata de palo. Ama a la esposa del alcalde, pero es el mayor secreto del mundo y el mejor guardado.

Nuestro cielo es el más azul; nuestras nubes, las más grises; nuestra niebla, la más espesa; nuestra lluvia, la más mojada. Este es mi lugar y no quiero cambiar de ciudad por nada del mundo.

Capítulo X

De excursión

De vez en cuando tengo un fin de semana libre y, si no tengo que estudiar, me gusta ir de excursión. No me importa salir solo, pero prefiero ir con Conchi o con mis amigos. Solemos ir de excursión a pueblos cercanos a Bilbao, a ver el mar o a andar por el monte. También hemos ido un par de veces a San Sebastián, una ciudad muy bonita, y a Santander. A Pamplona vamos a ir para conocer los Sanfermines.

Tengo una tienda de campaña y solemos ir también a pasar el fin de semana al monte. Lo pasamos en grande. Llevamos un columpio y lo colgamos de algún árbol. Llevamos una cuerda para saltar a la comba. Cocinamos todos juntos. Es fantástico.

Capítulo X a

El Bosque de Oma

Cerca de Guernica, a unos cincuenta kilómetros de Bilbao, están las cuevas de Santimamiñe y hay un bosque encantado. Muchos bosques tienen pájaros, luciérnagas, lechuzas, hormigas, caracoles y duendes. Pero este bosque tiene, además, los árboles pintados de colores alegres.

Capítulo XI

¿A qué hora quedamos?

Si vamos a pasar el fin de semana con la tienda, quedamos el viernes por la tarde, a eso de las cuatro, para coger un autobús o el tren.

Cuando Conchi y yo vamos al teatro, quedamos siempre a las seis y media. Paso por su casa y damos un paseo hasta el teatro o el cine, o hacemos alguna compra si hay tiempo suficiente.

Si salimos de excursión quedamos temprano para aprovechar el día.

No me gusta llegar tarde, y a Conchi tampoco. Si nuestros amigos llegan tarde tampoco nos gusta.

Capítulo XI a

Un día de mi vida

Me despierto a las seis y media, pero me gusta estar en la cama un rato, hasta las siete. Me levanto y me ducho, me afeito y me visto. Después de vestirme desayuno. Normalmente desayuno un café con leche y tostadas con mantequilla y mermelada. A las ocho voy a la universidad. Vivo cerca y voy a pie. A las ocho y media estoy en clase. Tenemos clases hasta la una y media. A las dos voy a comer a casa. Descanso un rato y estudio hasta las seis. A las seis y media voy al café a trabajar. Trabajo hasta las once. Vuelvo a casa y me voy a la cama.

Capítulo XI b

De compras por el Casco Viejo

En una zapatería.

Vendedor: Buenos días, ¿qué desea?

Javier: Buenos días. Busco un par de zapatos de verano, rojos.

Vendedor: ¿Qué número tiene?

Javier: 41.

Vendedor: Pues vamos a ver qué hay en el almacén. ¿Quieren sentarse aquí, por favor?

Conchi, Javier: Gracias.

Unos minutos después...

Vendedor: Tenemos este par rojo, es el único.

Conchi: Bueno, es bonito. Pruébatelo, a ver si te sienta bien...

Conchi mira otros zapatos y le gustan más que los rojos.

Javier: ¿Qué te parece?

Conchi: Pues que te sientan muy bien. Sí, me gustan. Pero pruébate estos otros.

Javier: Es que a mí no me gusta ese color.

Conchi: Entonces nada. ¿Qué vas a hacer con los zapatos rojos?

Javier: No estoy seguro. Vamos a mirar más tiendas.
(Al vendedor.) Muchas gracias, pero voy a pensarlo un poco más. Hasta luego.

Vendedor: Gracias a ustedes. Adiós.

Capítulo XII

El pretérito perfecto

El año pasado fuimos poco de excursión porque teníamos mucho que hacer. Este año, sin embargo, sí hemos salido bastantes veces de excursión y de fin de semana. Y este verano hemos pasado dos semanas de vacaciones por las montañas de Asturias. Conchi es de Algeciras y nunca había estado en mi tierra. A Conchi le ha gustado mucho Asturias, y a mis padres les ha gustado mucho Conchi.

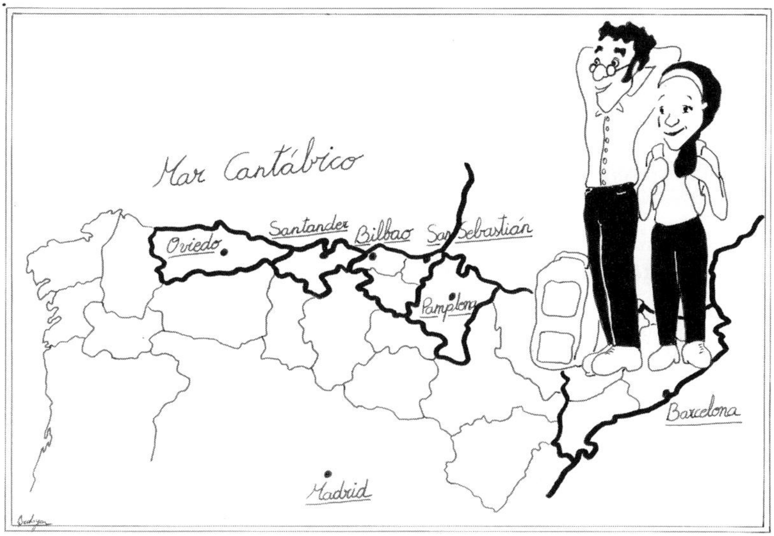

Hemos pasado la primavera toda la panda en los Pirineos, en el norte de Navarra. Es una zona maravillosa. ¡Y se come...! Ahora, en otoño, tenemos que estudiar y no vamos a poder ir a las Batuecas, y en invierno hace demasiado frío para ir por allí.

Capítulo XIII

Viaje a Barcelona

Aprovechando el puente del Pilar, que cae en martes, vamos a ir de viaje a Barcelona. No vamos a ser los únicos ni vamos a ser originales, pero tenemos ganas de pasear por las Ramblas. Vamos a ir solos Conchi y yo. Y vamos a ir en coche alquilado.

No nos gusta viajar en autobús y el tren es demasiado lento hasta Barcelona. El avión es demasiado caro.

Hemos reservado una habitación en una pensión que está cerca de la Plaza Real. No es muy cara y tiene ducha dentro de la habitación.

Capítulo XIV

Barcelona en mi diario

Barcelona, 8 de octubre de 2003 (*)

Barcelona es una ciudad fascinante. Hemos llegado esta tarde, hemos dejado las maletas en la pensión, hemos aparcado el coche en un aparcamiento subterráneo y hemos corrido a la Rambla.
Un río de gente sube y baja por la Rambla. La gente va y viene, o pasea tranquilamente y mira los quioscos, los puestos, a los bailarines de tango, a los músicos, a las estatuas vivientes...

Después del paseo hasta la plaza de Cataluña hemos bajado hasta la plaza Real. Hemos tenido que esperar bastante para cenar en el restaurante porque no admiten reservas. Durante la espera hemos mirado las farolas de Gaudí y hemos disfrutado del duende de la plaza. La ciudad entera tiene un alma muy especial.

Hemos cenado muy bien y hemos vuelto a casa dando un largo paseo. Conchi está muy contenta con nuestro viaje a Barcelona.
Y ahora me voy a dormir, mañana nos levantamos muy temprano.

(*) En 2003 no hubo tal puente del Pilar, porque el 12 de octubre cayó en domingo.

Capítulo XV

Postal desde Barcelona

Queridos padres:

Os escribo desde Barcelona para deciros que estamos muy bien. A Conchi le gusta mucho y a mí me encanta. La casa de la foto es La Pedrera. No tiene casi ninguna línea recta y la fachada parece las olas del mar...

Vuestro hijo,
Javier

Segunda Parte

ÍNDICE

Segunda parte

Capítulo XVI

Un día en Barcelona

Nos levantamos a las siete y media. A las ocho y cuarto bajamos a la calle a buscar un bar donde desayunar. Desayunamos un café con leche y magdalenas. Mientras desayunamos miramos el mapa otra vez y repasamos el plano del metro.

El primer día hemos ido a visitar el Palau Güell y la Casa Milá. Hemos visto también la fachada de la Casa Batlló. Desde allí, hasta el museo Picasso, para comer. Café con descanso en el jardín del Ateneo.

Capítulo XVI a

El viaje de vuelta

Javier y Conchi han pasado cuatro días en Barcelona y ya tienen que regresar, pero no quieren.

Javier: ¿Qué, Conchi, nos quedamos?

Conchi: Por mí...

En el coche.

Conchi: ¿Por qué no damos una última vuelta por la ciudad?

Javier: ¿Y si nos perdemos?

Conchi: Pues, mejor.

Es domingo por la tarde y hay mucho tráfico, pero no hay atascos. Javier y Conchi dan su paseo y terminan en la carretera de Igualada.

Javier: Pues nos hemos perdido...

Conchi: Mejor.

Javier: No, que lo digo en serio.

Conchi: Y yo... ¿adónde vamos a dormir?

Javier: Al coche.

Conchi: ¡Ni hablar!

Javier: Entonces mira el mapa y busca la autopista de Zaragoza.

Conchi suspira con un poco de pena, busca en el mapa e indica a Javier cómo tiene que ir para entrar a la autopista.

Javier: Ufff, ya estamos en la autopista. En la primera gasolinera paro y conduces tú.

Conchi: Vale, pero solo hasta Zaragoza.

Después de la gasolinera.

Javier: Barcelona me encanta.

Conchi: Creo que me gustaría vivir en Barcelona, pero en el centro, cerca de la Rambla.

Javier: ¿Qué estás tramando?

Capítulo XVII

La indigestión

El viaje a Barcelona ha sido maravilloso, sí, pero al regresar a casa Javier ha empezado a sentirse mal y... a vomitar.

Javier: Creo que he comido demasiado.

Conchi: Métete en la cama, descansa, y si te sientes mal mañana, vas al médico

Conchi tiene razón: Javier debe acostarse y descansar, y mañana será otro día.

Al día siguiente Javier tiene dolor de estómago y de cabeza, y decide ir al médico de cabecera. El médico le ausculta y le pregunta:

Doctor: ¿Ha tenido fiebre?

Javier: No.

Doctor: Bien, tome manzanilla o té durante todo el día. No coma nada. Mañana, si se siente bien, puede empezar a comer comidas suaves y limpias. Esta receta es solo por si tiene una diarrea fuerte.

Conchi, que es un cielo, pasa a visitar a Javier y prepara una comida limpia y suave, pero rica.

Conchi: Me ha gustado mucho Barcelona y, después de la carrera, podría ser una posibilidad... Pero ahora me voy, he quedado con Eduardo para ir al cine.

Capítulo XVIII

El cumpleaños de Conchi

Hoy es el cumpleaños de Conchi. Cumple veintidós, pero no le gusta cumplir años y no me deja tirarle de las orejas. También está prohibido enviar postales u organizar fiestas.

Yo empiezo el día yendo a buscarla a casa para ir juntos a la Universidad. Cuando baja al portal me acerco para darle un beso y le digo felicidades. Ella me contesta siempre que tengo mal aliento.

Capítulo XIX

Fin de carrera

Los estudiantes se ponen muy nerviosos en junio porque llegan los exámenes de fin de curso. En mi caso llegan los exámenes de mi último curso, de fin de carrera.

Terminar la carrera tiene su miga, es quedarse solo ante el futuro... Te puedes comer el diploma si no encuentras trabajo en tu profesión, y, la verdad, seguir de camarero...

Pero sí, yo voy a seguir un curso más de camarero para esperar a Conchi. Y mientras tanto voy a hacer algunos cursos de doctorado.

Capítulo XX

Me quedo un año y la espero

Javier: Sí, me quedo un año y te espero.

Conchi: Pero, ¿estás seguro?, ¿no prefieres ir a Barcelona y empezar a buscar trabajo allí?

Javier: Me quedo, está decidido. Quiero quedarme contigo. Además, me parece más bonito llegar juntos a Barcelona.

Conchi: Huyyyy, eso suena a declaración.

Javier: Pues no te hagas ilusiones.

Conchi: ¿Y qué vas a hacer?

Javier: Voy a matricularme en varios cursos de doctorado y a seguir de camarero. Un año pasa rápido...

Conchi: ¿No decías que cuentas la vida por meses?

Los dos se ríen y se besan. Conchi se queda callada y un poco nerviosa. Quiere decir algo y...

Conchi: Javi, yo quiero cambiar de piso y he pensado que podemos buscar juntos un piso, si tú quieres...

Javier: Y luego hacer la mudanza juntos...

Conchi: Y, ya en casa, podríamos quedarnos a vivir allí, los dos.

Javier: ¿Y si sale mal?

Conchi: UUUUuuuuuuuuh, ¡aguafiestas!

Conchi sigue abucheando a Javier y alborotándole el pelo para hacerle rabiar.

Conchi: ¡Pues claro que va a salir bien!

Javier: Es que me tiro muchos pedos, y me huelen mucho los pies, y me muevo mucho en la cama.

Conchi: ¿Y quién te ha dicho a ti que voy a dormir contigo?

Javier: Ah, bueno, si es así, yo...

Capítulo XXI

En el Café La Granja

Javier: ¡Escucha, Conchi, es el piso de nuestra vida!

Conchi: A ver...

Javier: Tres habitaciones, salón, cocina y baño completo. Calefacción con caldera de gas natural. San Ignacio-Deusto, a un minuto del metro.

Conchi: ¿Y cuánto cuesta?

Javier: No lo dicen, hay que llamar por teléfono, pero es un particular.

Conchi: Vale, vamos a llamar ahora mismo.

Javier toma el móvil y llama. El teléfono comunica y sigue llamando, pero comunica.

Javier: No se puede hablar con los dueños.

Conchi: Seguro que ya está alquilado. Vamos a seguir buscando. Y mañana empezamos a las ocho.

Javier: ¡Yo preparo el desayuno y tú bajas a por el pan y el periódico!

Conchi: ¡Serás caradura!

Javier sale corriendo y Conchi corre detrás de él.

Conchi: ¡No corras, que te voy a pillar igual!

Capítulo XXII

Vacaciones en Cataluña

Javier y Conchi ya tienen piso, precisamente en San Ignacio. Y no lejos del metro. En la calle Asturias, para mayor casualidad. Cerca de la librería Guimerá.
También tienen las notas, bastante buenas. Y han decidido

hacer la mudanza cuanto antes para ir de vacaciones a Cataluña. Van en tren. Es un regalo de los padres de Javier por el final de carrera. Van a ir a Barcelona, a la misma pensión de la última vez.

Capítulo XXII a

En Barcelona

Conchi y Javier llegan a la pensión, dejan las mochilas y salen a la calle corriendo a dar un paseo. Pasan un par de días en Barcelona recorriendo sus sitios preferidos. Después toman un tren a Figueras para visitar el teatro-museo de Dalí (Salvador Dalí, 1904-1989). El tren sale de la plaza de Cataluña y el viaje dura alrededor de una hora y media.

Javier: El centenario de Dalí será el año que viene, pero seguro que todo estará lleno de gente.

Conchi: Yo prefiero menos gente, la verdad. ¿A ti te gusta mucho Dalí?

Javier: Me gusta la pintura de Dalí. Mejor dicho, me interesa. Pero Dalí me gusta poco.

Conchi: ¿Y qué es lo que no te gusta de él?

Javier: No me gusta su relación con el dinero, su comportamiento con los surrealistas, sus apariciones en el NODO con Franco.

Capítulo XXII b

Por la costa

Javier y Conchi vuelven a Barcelona muy contentos de la visita al teatro-museo de Dalí y deciden salir de Barcelona al día siguiente para visitar la costa. Preparan sus mochilas, avisan en la pensión de su partida y salen a dar el penúltimo paseo.

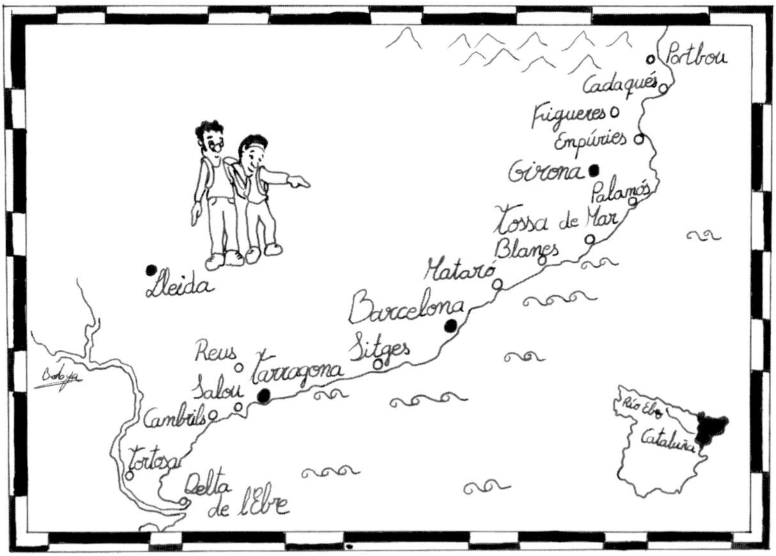

Van a ir, en primer lugar, a Tarragona. Quieren conocer también Reus, la ciudad natal de Gaudí. Después van a seguir una ruta de cámping por la costa: Tortosa y la desembocadura del Ebro, Cambrils, Sitges y la costa de Gerona hasta Portbou, en la frontera.

Capítulo XXII c

Sitges

Javier y Conchi deciden pasar en Sitges un par de días. El pueblo, blanco, blanquísimo, reflejado en el mar cuando está tranquilo, es para ellos una preciosidad.
Tienen dificultades para encontrar sitio en el cámping, pero al final...

Capítulo XXII d

No hay pensión

Otra vez en Barcelona, van a su pensión, pero no hay sitio. El dueño les recomienda otra pensión, pero tampoco tienen habitaciones. Buscan y buscan, pero nada, no hay habitaciones libres en Barcelona. Deciden volver a Bilbao.

Capítulo XXIII

A casa, juntos

Conchi y Javier vuelven a casa, a Bilbao, juntos, a la misma casa, por primera vez.

Conchi: ¡Javi, espera!, ¡que tienes que cogerme en brazos para entrar juntos en casa!

Javier: ¿Eh?

Conchi: Sí, el chico coge a la chica en brazos y cruzan el umbral de la nueva casa.

Javier: ¿Cómo? Ah, ya, pero eso es en las películas. Además, es solo para gente casada.

Conchi: ¿Cómo?, ¿que no vas a cogerme en brazos? ¡Pues no entro!

Javier: Como quieras, yo voy a darme una ducha.

Conchi: ¿Vas a entrar en casa? ¿Te atreverás?

Javier: Si tú no quieres entrar...

Conchi: (Desilusionada, a punto de llorar.) Sí quiero, pero contigo, juntos.

Javier: Pues cógeme tú en brazos.

Capítulo XXIV

Visita familiar

Javier y Conchi van otra vez de viaje. Van a visitar a los padres de Javier. Salen de casa, cruzan la calle y bajan a tomar el metro. Se bajan en San Mamés y caminan hasta la estación central de autobuses, detrás del Hospital Civil de Basurto. Suben al autobús de ALSA.

En Oviedo está esperando el padre de Javier para llevarlos a casa en coche.

Felipe: ¡Hijo!, ¿qué tal estás?

Javier: ¡Papá! (Se abrazan.)

Felipe: ¡Conchi, hija!, ¡qué guapa te veo!

Conchi: Usted sí que está bien.

Felipe: ¿Qué tal las vacaciones?

Conchi: Lo primero, las gracias.

Javier: Lo hemos pasado de maravilla (al oído, pero para que lo escuche Conchi), y creo que ya la tengo en el bote.

(Risas.)

Conchi: (A Felipe.) Eso es lo que se cree él, pero no le haga caso.

Felipe: Eso hija, hazte valer, pero que no sufra mucho, ¿eh?

Conchi: Veremos...

Todos se ríen.

Felipe: (A Javier.) Pues vamos al coche, que tu madre está esperando con la merienda preparada.

Capítulo XXV

En Asturias

Llegan a casa y Teresa los está esperando en la puerta. Javier sale el primero del coche.

Teresa: ¡Hijo, ven que te dé un beso!

Javier: ¡Mamá! (Se besan.)

Teresa: Enhorabuena, hijo, que ya tenemos un abogado en la familia.

Conchi se acerca a saludar a Teresa.

Teresa: Y que no haga falta...
Hija, ven que te dé un beso. ¡Qué guapa estás!

Conchi: Usted sí que está guapa.

Teresa: Nada, un poco de peluquería esta mañana. Una vieja coqueta, a esta edad...

Conchi: No diga eso, que está usted guapa de verdad.

Teresa: Pues gracias. (A todos.) Pero vamos a entrar.

Entran en casa.

Teresa: Vamos, vamos al salón, que la merienda está ya lista.

Todos se sientan.

Teresa: Y, bueno, que tendréis mucho que contar...

Conchi: Lo primero, quiero darles las gracias por las vacaciones.

Teresa: Conchi, a nosotros de tú, por favor.

Felipe: Es que como es andaluza...

Conchi: (Mirando a Javier...) Es que tengo que acostumbrarme...

Teresa: Di que sí, hija.

Teresa y Felipe se ríen.

Teresa: A ver, ¿qué queréis tomar? Hay café recién hecho.

Javier: Yo prefiero una cerveza.

Conchi: Yo voy a tomar un café.

Teresa: Y tú, ¿qué quieres?

Felipe: También café.

Teresa sirve el café. Los canapés están en la mesa.

Teresa: Voy a la cocina a por la cerveza. Pero vamos, empezad a merendar.

Teresa vuelve de la cocina y se sienta junto a Conchi.

Felipe: ¿Y qué?, ¿cómo estáis en la nueva casa?

Teresa: Eso, la nueva casa. ¿Es bonita?

Javier: Pues sí, es muy bonita y tiene mucha luz.

Conchi: Tenemos bastante sitio para los dos: tres habitaciones, cocina, baño completo.

Javier: Cruzamos la calle y está el metro.

Teresa: Y vosotros, ¿estáis bien juntos? Porque si estáis bien...

Felipe: Mujer, ya dirán ellos lo que quieran decir.

Teresa: (Mirando a Conchi.) No, si ellos dirán, sí...

Conchi tiene ganas de reír. Los padres de Javier son una pareja muy divertida. Y Javier, el que menos quiere casarse.

Capítulo XXVI

En Algeciras

Javier y Conchi han pasado cinco días estupendos en casa de los padres de Javier, y ahora viajan en dirección a Algeciras, donde viven los padres de Conchi.

En el tren.

Conchi: Y, entonces, ¿para cuándo?

Javier: ¿Para cuándo qué?

Conchi: La boda, hombre, qué va a ser.

Javier: Ah, sí, sí, mis padres. Pues no sé, dos años, tres... siglos.

Conchi: Si le dices eso a mi padre, te agarra por las solapas.

Javier: No llevo chaqueta...

Conchi: Bromas aparte, ya sabes que mis padres aceptan que vivamos juntos porque vamos a casarnos. Pero en casa tenemos que dormir separados.

Javier: Entonces iré a tu cuarto por la noche...

Conchi: ¿Subirás por una escalera de cuerda hasta mi ventana?

Javier: (Se pone de rodillas.) ¡Oh, Julieta! (Le hace cosquillas.) ¡Oh, mi Julieta!

Conchi: ¡Quieto, hombre insensible, o no abriré la ventana!

Capítulo XXVII

De vuelta en casa

Conchi y Javier han pasado una buena semana en Algeciras. Están, sin embargo, muy contentos de estar de vuelta en casa.

Las cajas de la mudanza están sin abrir todavía; no han hablado de qué cuarto será para quién; hay que pintar la casa. El dormitorio será la habitación más grande. A Conchi le gusta el cuarto que da al patio y a Javier también.

Javier: Lo echamos a cara o cruz. ¿Qué quieres?

Conchi: Cruz.

Javier lanza la moneda al aire y sale cara.

Conchi: Tramposo, seguro que has hecho trampa.

Javier: No he hecho trampa y el cuarto es para mí.

Javier se enfada, se va a su cuarto y cierra la puerta. Conchi se queda triste porque ha metido la pata.

Conchi: Toc, toc, toc. Javi, ¿puedo entrar?

Nadie contesta al otro lado de la puerta.

Conchi: Toc, toc, toc.

Conchi abre la puerta con cuidado.

Conchi: Javi, he dicho una tontería y quiero disculparme.

Capítulo XXVII a

Decorar juntos

Conchi y Javier están sentados en el sofá que han comprado en el rastrillo de Cáritas.

Javier: ¡Propongo que pintemos la casa de blanco!

Conchi: Ni hablar. El salón lo vamos a pintar de verde, de verde pistacho, y el techo de amarillo. El pasillo, azul; y el dormitorio, ocre.

Javier: No sé, el pasillo azul...

Conchi: Sí, azul.

Javier: Yo quiero tomar una cerveza, ¿quieres otra?

Conchi: No, preferiría un café.

Javier: Si quieres, hago uno.

Conchi: ¿Cómo es que estás tan amable?

Javier: Soy amable, y quiero convencerte para pintar el pasillo de azul turquesa.

Conchi: Aaaggh, ¿no tienes un color más horrible?

Javier: No, pero puedo buscar.

Capítulo XXVIII

Seguir de camarero

Trabajar de camarero no es maravilloso, pero estoy contento porque es un trabajo que me deja tiempo libre. Tengo mi horario y, cuando termino, me voy a casa sin preocupaciones. Así puedo seguir estudiando.

Además, he conseguido cambiar de café, gano más dinero y tengo mejores horarios. Es el Café Iruña. Tiene una parte que es solo bar y otra que es solo café. En la parte que solo es bar las paredes son de azulejos de colores. La parte que solo es café tiene las paredes rojas. Es bastante grande y los viernes por la noche hay música en directo. Encima de la barra del café hay una pequeña terraza para una orquesta de cinco músicos. Hay un ambiente agradable y estoy muy contento con el cambio.

Capítulo XXIX

Otra vez fin de curso

El tiempo vuela y ya es fin de curso otra vez. Fin de curso para Javi y fin de carrera para mí. Todo ha pasado rápido, rapidísimo, casi sin darme cuenta. Sin embargo, estoy muy contenta. Hemos estudiado muchísimo, hemos viajado poco y hemos visto también poco a nuestros amigos, pero ha valido la pena.

Y vamos a organizar una fiesta para despedirnos de todos ellos.

Vivir con Javi no es fácil, pero me gusta. Y no se tira pedos, ni le huele el aliento. Bueno, un poco sí... Nunca discutimos por el reparto de las tareas de la casa. La verdad es que formamos un equipo estupendo. No sé qué haría si Javi se fuera. Seguro que lloraría mucho, pero no se lo digan ustedes a él.

Tenemos una casa preciosa. Bueno, teníamos, porque nos vamos a Barcelona.

Ahora ya tengo el título. Voy a inscribirme en el Colegio de Abogados de Barcelona para el turno de oficio y ya seré abogada. No es un mal comienzo. Y voy a trabajar de camarera mientras llega trabajo de abogada.

Capítulo XXX

Una declaración de amor

Es viernes, mediodía. Javier y Conchi están en la cocina, comiendo.

Conchi: Javi, ¿tienes planes para esta tarde?

Javier: No, bueno, sí... ¡NO!

Conchi: ¿Vamos al teatro?

Javier: ¿Hay algo interesante?

Conchi: Hay una obra sobre Manuel Azaña (*) que me gustaría ver.

(*) En 2003 no hubo ninguna representación teatral sobre Manuel Azaña.

Javier: Y a mí, pero no hay entradas.

Conchi: He comprado las últimas.

Javier: ¿De verdad?

Conchi: Mira. (Conchi le da las entradas.)

Javier: ¿Cómo las has conseguido?

Conchi: Preguntando en la taquilla.

Javier: ¡Increíble! Pues yo te invito a cenar.

Conchi: Acepto. ¿Quieres un café?

Javier: Lo puedo hacer yo, si quieres.

Conchi: No, prefiero hacerlo yo. Tú, recoge la mesa, si quieres.

Conchi va al salón y vuelve con la botella de orujo y dos copitas. A Javi le encanta el orujo.

Javier: Veo que celebramos algo, voy a mirar mi calendario...

Conchi se queda sola en la cocina preparando el café. Cuando está listo llama a Javi.

Conchi: ¡Javi, el café está listo!

Javier entra en la cocina con cara de misterio y las manos en la espalda.

Conchi: ¿Qué pasa, Javi?

Javier: Cierra los ojos y extiende las manos.

Conchi cierra los ojos y Javier le pone un paquetito en las manos.

Conchi: ¿Puedo abrir ya los ojos?

Javier: Sííí.

Conchi: Huy, ¿qué habrá en un paquetito tan pequeño? Perfume o veneno. ¿Qué es?

Javier: No sé.

Conchi: ¿Cómo que no sé, no sé?

Conchi se acerca a Javier para para hacerle cosquillas.

Javier: No, por favor, por favor.

Conchi: Bueno, te perdono. Pero, si es veneno, lo usaré contigo.

Javier: Entonces, ¡moriré feliz!

Conchi abre el paquetito y es un frasco de Chanel número 5. Silba.

Conchi: ¿Qué te propones?

Javier: No, bueno, yo, nada especial, nada.

Conchi: ¿Nada?, pues qué pena.

Hay una cortísima pausa. Conchi sirve el café y Javier, el orujo.

Conchi: Me encanta el regalo. Muchas gracias, Javi.

Hay otra pausa.

Conchi: Y me encantas tú. He estado pensando que te quiero muchísimo, que nos vamos juntos a Barcelona...

Javier se levanta, toma la silla y se sienta junto a Conchi.

Apéndice didáctico

LOS VERBOS

Muchas veces nos encontramos con que la dificultad que presenta la lectura es que los alumnos o participantes no pueden identificar todavía las formas conjugadas con su infinitivo. Para evitar esta dificultad propongo en el presente Apéndice la siguiente sistematización:

- Yo me llamo > llamarse
- Soy de Asturias > ser

Propongo, además, agrupar los verbos del presente en cinco grupos:

▶ Grupo 1

Los verbos regulares, cuyo modelo será **amar**.

▶ Grupo 2

Los verbos completamente irregulares, cuyo modelo será **ser**. Aquí incluiré, por ejemplo, el verbo ir, por su inmensa diferencia entre su infinitivo y las formas conjugadas.

▶ Grupo 3

Los verbos cuya primera persona del singular es irregular, cuyo modelo será **estar**.

▶ Grupo 4

Los verbos irregulares con diptongación o cambio vocálico, cuyo modelo será **tener**. Siempre anotaremos la conjugación de la primera persona del singular y la modificación vocálica de cada caso.

La regla: todas las personas de los verbos del grupo 4 son irregulares, excepto la primera y segunda del plural; la primera persona del singular puede ser, no ya irregular, sino diferente.

Con el verbo **tener** > **ie**:

yo	tengo (en este caso, es diferente)
tú	t**ie**nes
él	t**ie**ne
nosotros	tenemos
vosotros	tenéis
ellos	t**ie**nen

Con el verbo **decir** > **i**:

yo	d**i**go

Con el verbo **pedir** > **i**:

yo	p**i**do

Con el verbo **venir** > **ie**:

yo	vengo

Con el verbo **querer** > **ie**:

yo	qu**ie**ro

Con el verbo **poder** > **ue**:

yo	p**ue**do

► Grupo 5

Los verbos que se conjugan como **gustar**.

Hay: Forma impersonal, tercera persona del singular del verbo **haber**.

Explicaremos de modo dinámico:

- Los **verbos reflexivos** y su mecánica, cuyo modelo será **llamarse**.

- El **pretérito perfecto** (pp) y su mecánica.

- El **gerundio** y su mecánica.

- El **futuro próximo** y su mecánica.

Hay que advertir de que, a medida que los capítulos avancen, irán desapareciendo explicaciones que consideremos ya debidamente desarrolladas, entendidas y asimiladas: los verbos ya citados; a partir del capítulo IX no se clasificarán más los verbos según su conjugación; a partir del capítulo XV desaparecerá, también, el grupo 1; etc.

Asimismo, recomendamos acostumbrar a los participantes a utilizar un diccionario y a acercarse al uso de un buen manual de conjugación (por ejemplo, las obras de A. González Hermoso, *Conjugar en español es fácil* (1996) o *Conjugar es fácil en español de España y América* (1997), ambos en la Editorial Edelsa, Madrid).

ANÁLISIS POR CAPÍTULOS

► Capítulo I

- yo me llamo > llamarse
- soy de Asturias > ser
- mi número de teléfono es > ser
- tengo 25 años > tener (yo tengo)

LOS VERBOS

- hablo tres idiomas > hablar
- vivo en Bilbao > vivir
- trabajo como camarero > trabajar
- estudio Derecho > estudiar

Conjugaciones

1	2	3
am**ar**	com**er**	viv**ir**
llamarse	tener	
hablar	ser	
trabajar		
estudiar		

Grupos

1	2	3	4	5
amar	ser	estar>estoy	tener>ie	gustar
llamarse				
hablar				
vivir				
trabajar				
estudiar				

Mecánica de funcionamiento de los verbos reflexivos

llamarse		
yo	me	llam**o**
tú	te	llam**as**
él, ella, Ud.	se	llam**a**
nosotros	nos	llam**amos**
vosotros	os	llam**áis**
ellos, ellas, Uds.	se	llam**an**

(Imagen 1, hojas A y B, disponibles en www.yomellamojavier.de)

► Capítulo II

- está casado > estar
- tiene dos novios y no sabe por cuál decidirse > saber (yo sé); decidirse (verbo reflexivo)

Conjugaciones

1	2	3
am**ar**	com**er**	viv**ir**
estar	saber	decidirse

Grupos

1	2	3	4	5
amar	ser	estar>estoy	tener>ie	gustar
decidirse		saber>sé		

► Capítulo II a

- y no me como una rosca > comer
- bueno, sí, salgo con Conchi > salir (yo salgo)

Conjugaciones

1	2	3
am**ar**	com**er**	viv**ir**
		salir

Grupos

1	2	3	4	5
amar	ser	estar>estoy	tener>ie	gustar
comer		salir>salgo		

► Capítulo II b

- yo me apellido > apellidarse (verbo reflexivo)

Conjugaciones

1	2	3
am**ar**	com**er**	viv**ir**
apellidarse		

Grupos

1	2	3	4	5
amar	ser	estar>estoy	tener>ie	gustar
apellidarse				

► Capítulo III

- una puerta da al pasillo > dar (yo doy)
- hay también todo tipo de cacharros > hay*
- cacharros para poder cocinar > poder (yo puedo) + cocinar
- pero no me importa > importar (a mí me importa)
- junto a la cocina está el comedor > estar (yo estoy)
- y hay que limpiarla antes de sentarse a comer
  > hay + que + limpiarla (limpiar la mesa)
  > sentarse (verbo reflexivo) + a + comer
- nadie lo arregla > arreglar

Conjugaciones

1	2	3
am**ar**	com**er**	viv**ir**
dar	poder	
cocinar		
importar		
limpiar		
sentarse		
arreglar		

Grupos

1	2	3	4	5
amar	ser	estar>estoy	tener>ie	gustar
cocinar		dar>doy	poder>ue	importar
limpiar			sentarse>ie	
arreglar				

* hay: forma impersonal del verbo **haber**

► Capítulo IV

- yo voy muy pronto > ir (yo voy)
- para coger un buen sitio > coger (yo cojo)
- los viernes, si hay tiempo, nos reunimos a cenar > reunirse (verbo reflexivo); cenar

Conjugaciones

1	2	3
am**ar**	com**er**	viv**ir**
cenar	coger	ir
		reunirse

Grupos

1	2	3	4	5
amar	ser	estar>estoy	tener>ie	gustar
cenar	ir	coger>cojo		
reunirse				

► Capítulo V

- cuando llueve voy en metro > llover (llueve)
- y hay playas para bañarse > bañarse (verbo reflexivo)

Conjugaciones

1	2	3
am**ar**	com**er**	viv**ir**
bañarse	llover	

LOS VERBOS

Grupos

1	2	3	4	5
amar	ser	estar>estoy	tener>ie	gustar
bañarse			llover*>ue	

* llover > llueve (3ª persona singular); llueven (3ª persona plural)

► Capítulo VI

- a mí me gusta comer > gustar
- para empezar, me gusta ir al mercado > empezar (yo empiezo)
- a hacer la compra > hacer (yo hago)
- pero me gusta invitar a mis compañeros > invitar
- suelo preparar crema de calabaza > soler (yo suelo) + preparar

Conjugaciones

1	2	3
am**ar**	com**er**	viv**ir**
empezar	soler	
invitar	hacer	
preparar		
gustar		

Grupos

1	2	3	4	5
amar	ser	estar>estoy	tener>ie	gustar
invitar		hacer>hago	soler>ue	
preparar			empezar>ie	

► Capítulo VI a

- Javier sube al primer piso > subir
- a comprar fruta > comprar
- por fin le toca a Javier > tocar
- quería un kilo de naranjas > pretérito imperfecto: querer (yo quiero)
- (el tendero coge y pesa las manzanas) > pesar

Conjugaciones

1	2	3
am**ar**	com**er**	viv**ir**
comprar	querer	subir
tocar		
pesar		

Grupos

1	2	3	4	5
amar	ser	estar>estoy	tener>ie	gustar
subir			querer>ie	
comprar				
pesar				

► Capítulo VII

- hay gente que dice que comemos tarde > decir (yo digo)
- nosotros podemos decir > poder (yo puedo)
- cuando ellos comen, en realidad, desayunan > desayunar
- por la mañana tomamos un café > tomar
- a mediodía vamos a comer a casa > vamos + a + comer

Conjugaciones

1	2	3
am**ar**	com**er**	viv**ir**
desayunar	poder	decir
tomar		

Grupos

1	2	3	4	5
amar	ser	estar>estoy	tener>ie	gustar
desayunar			poder>ue	

1	2	3	4	5
tomar			decir>i	

► Capítulo VII a

- Javier y Conchi llevan cinco meses de novios > llevar
- y lo celebran con una cena > celebrar
- (el camarero les entrega la carta) > entregar
- Javier y Conchi leen la carta > leer
- Conchi pregunta > preguntar
- yo quiero beber > querer + beber
- y, sea lo que sea, voy a beber vino blanco > presente de subjuntivo: ser
- estoy harta de que los españoles tengamos que beber siempre vino tinto > presente de subjuntivo: tener + que + beber
- (levanta la mano > levantar
- para llamar al camarero) > llamar
- estamos mirando todavía > (estar + gerundio) estar + mirar
- el camarero trae las bebidas > traer (yo traigo)
- Javier sirve vino > servir (yo sirvo)
- ¿brindamos por nosotros? > brindar
- (y las copas chocan) > chocar
- yo cuento mi vida por meses > contar
- hijo, cómo te pones > ponerse

(Imagen 2: Formación del gerundio, disponible en www.yomellamojavier.de)

Formación del gerundio

am**ar** > am**ando**
com**er** > com**iendo**
viv**ir** > viv**iendo**

Conjugaciones

1	2	3
am**ar**	com**er**	viv**ir**
celebrar	leer	servir
llevar	beber	
entregar	traer	
levantar	ponerse	
llamar		
mirar		
brindar		
chocar		
contar		

Grupos

1	2	3	4	5
amar	ser	estar>estoy	tener>ie	gustar
celebrar		traer>traigo	contar>ue	

1	2	3	4	5
llevar		ponerse> me pongo	servir>i	
entregar				
llamar				
levantar				
mirar				
brindar				
chocar				
leer				
beber				

► Capítulo VIII

No hay novedades.

Capítulo IX

- quedo con Conchi > quedar
- o al cine si ponen algo interesante > poner (yo pongo)
- charlamos con pasión > charlar
- sobre la obra que hayamos visto > haber + ver (pretérito perfecto de subjuntivo)
- salimos a bailar > bailar
- o vamos a alguna fiesta si nos han invitado > pretérito perfecto: haber + invitar

pretérito perfecto = pp

(Imagen 3: Formación del pretérito perfecto, disponible en www.yomellamojavier.de)

Formación del participio

am**ar** > am**ado**
com**er** > com**ido**
viv**ir** > viv**ido**

pretérito perfecto de amar		
yo	he	am**ado**
tú	has	am**ado**
él, ella, Ud.	ha	am**ado**
nosotros	hemos	am**ado**
vosotros	habéis	am**ado**
ellos, ellas, Uds.	han	am**ado**

Grupos

1	2	3	4	5
amar	ser	estar>estoy	tener>ie	gustar
quedar		poner>pongo		
charlar				
	ver			
bailar				

▶ Capítulo IX a

- por la ciudad pasa el río > pasar
- y necesitamos los puentes más altos > necesitar
- ama a la esposa del alcalde > amar
- y no quiero cambiar > querer + cambiar

Grupos

1	2	3	4	5
amar	ser	estar>estoy	tener>ie	gustar
pasar				
necesitar				
amar				
cambiar				

▶ Capítulo X

- pero prefiero ir con Conchi > preferir (yo prefiero)
- a andar por el monte > andar
- también hemos ido > pp: ir
- a Pamplona vamos a ir para conocer > conocer (yo conozco)
- y lo colgamos de algún árbol > colgar (yo cuelgo)
- llevamos una cuerda para saltar a la comba > saltar

Grupos

1	2	3	4	5
amar	ser	estar>estoy	tener>ie	gustar
andar	ir	conocer> conozco	preferir>ie	
saltar			colgar>ue	

► Capítulo X a

No hay novedades.

► Capítulo XI

- quedamos temprano para aprovechar el día > aprovechar
- no me gusta llegar tarde > llegar

Grupos

1	2	3	4	5
amar	ser	estar>estoy	tener>ie	gustar
aprovechar				
llegar				

► Capítulo XI a

- me despierto a las seis y media > despertarse (yo me despierto)
- me levanto > levantarse
- me ducho > ducharse

- me afeito > afeitarse
- me visto > vestirse
- descanso un rato > descansar
- vuelvo a casa > volver

Grupos

1	2	3	4	5
amar	ser	estar>estoy	tener>ie	gustar
levantarse			despertarse>ie	
ducharse			vestirse>i	
afeitarse			volver>ue	
descansar				

► Capítulo XI b

- ¿qué desea? > desear
- busco un par de zapatos > buscar
- pruébatelo > probarse (yo me lo pruebo)
- y a ver si te sienta bien > sentar (a mí me sienta)
- ¿qué te parece? > parecer
- pero voy a pensarlo un poco más > pensar (yo pienso)

Futuro próximo y su mecánica

ir + a + infinitivo

ir a pensar			
yo	voy	a	pensar
tú	vas	a	pensar
él, ella, Ud.	va	a	pensar
nosotros/as	vamos	a	pensar
vosotros/as	vais	a	pensar
ellos, ellas, Uds.	van	a	pensar

Grupos

1	2	3	4	5
amar	ser	estar>estoy	tener>ie	gustar
desear			sentarse>ie	parecer
buscar			probarse>ue	
			pensar>ie	

► Capítulo XII

- el año pasado fuimos > pretérito indefinido: ir
- porque teníamos que hacer > tener + que + hacer
- sí hemos salido > pp: salir
- y este verano hemos pasado > pp: pasar
- y nunca había estado > pluscuamperfecto: estar
- a Conchi le ha gustado > pp: gustar

- ¡y se come...! > forma refleja: se + tercera persona
- ahora, en otoño, tenemos que estudiar > tener + que + estudiar
- y no vamos a poder ir a las Batuecas > vamos + a + poder (yo puedo) + ir

Grupos

1	2	3	4	5
amar	ser	estar>estoy	tener>ie	gustar
pasar				

▶ Capítulo XIII

- aprovechando el puente del Pilar > gerundio: aprovechar
- que cae en martes > caer (yo caigo)
- nos gusta viajar > viajar
- hemos reservado una habitación > pp: reservar

Grupos

1	2	3	4	5
amar	ser	estar>estoy	tener>ie	gustar
viajar		caer>caigo		
reservar				

► Capítulo XIV

- hemos llegado esta tarde > pp: llegar
- hemos dejado las maletas > pp: dejar
- hemos aparcado > pp: aparcar
- hemos corrido > pp: correr
- un río de gente sube > subir
- y baja > bajar
- y viene > venir (yo vengo)
- hemos bajado > pp: bajar
- hemos tenido > pp: tener
- porque no admiten reservas > admitir
- hemos disfrutado > pp: disfrutar
- hemos mirado > pp: mirar
- hemos vuelto > pp: volver (yo vuelvo)
- a casa dando un largo paseo> gerundio: dar (yo doy)
- no hubo tal puente > pretérito indefinido: haber
- cayó en domingo > pretérito indefinido: caer

Grupos

1	2	3	4	5
amar	ser	estar>estoy	tener>ie	gustar
		caer>caigo	venir>ie	
			volver>ue	

► Capítulo XV

- os escribo desde Barcelona > escribir
- y a mí me encanta > encantar

Grupos

1	2	3	4	5
amar	ser	estar>estoy	tener>ie	gustar
escribir				encantar

► Capítulo XVI

- repasamos el plano del metro > repasar

► Capítulo XVI a

- han pasado > pasar
- nos perdemos > perderse (yo me pierdo)
- terminan > terminar
- nos hemos perdido > pp: perderse
- dormir (yo duermo)
- suspira > suspirar
- indica > indicar
- paro > parar
- y conduces tú > conducir (yo conduzco)
- creo que me gustaría > condicional: gustar
- estás tramando > gerundio: tramar

Grupos

2	3	4	5
ser	estar>estoy	tener>ie	gustar
	conducir> conduzco	perderse>ie	

► Capítulo XVII

- el viaje a Barcelona ha sido maravilloso > pp: ser
- Javier ha empezado a sentirse mal > pp: empezar (yo empiezo)
- creo que > creer
- he comido demasiado > pp: comer
- métete en la cama > imperativo: meterse
- descansa > imperativo: descansar
- si te sientes mal > sentirse (yo me siento)
- Javier debe acostarse > deber + acostarse
- y mañana será otro día > futuro simple: ser
- y decide ir al médico de cabecera > decidir + ir
- el médico le ausculta > auscultar
- le pregunta > preguntar
- ¿ha tenido fiebre? > pp: tener
- bien, tome manzanilla > imperativo: tomar
- no coma nada > imperativo negativo: comer
- si se siente bien > sentirse (yo me siento)
- pasa a visitar a Javier > pasar + a + visitar
- y después de la carrera podría ser una posibilidad > condicional: poder
- he quedado con Eduardo > pp: quedar

Grupos

2	3	4	5
ser	estar>estoy	tener>ie	gustar
		empezar>ie	
		sentirse>ie	
		acostarse>ue	

► Capítulo XVIII

- cumple > cumplir
- yendo > gerundio: ir
- me acerco > acercarse
- contesta > contestar
- quise > pretérito indefinido: querer
- tirarle > tirar a ella
- dio > pretérito indefinido: dar

► Capítulo XIX

- si no encuentras > encontrar (yo encuentro)
- seguir (yo sigo)

Grupos

2	3	4	5
ser	estar>estoy	tener>ie	gustar
		encontrar>ue	
		seguir>i	

► Capítulo XX

- suena > sonar
- decías > pretérito imperfecto: decir
- se ríen > reírse (yo me río)
- se besan > besarse
- he pensado > pp: pensar (yo pienso)
- podríamos > condicional: poder
- abucheando > gerundio: abuchear
- alborotándole > gerundio: alborotar
- me huelen > oler
- me muevo > moverse (yo me muevo)
- ha dicho > pp: decir

Grupos

2	3	4	5
ser	estar>estoy	tener>ie	gustar
		reírse>i	
		sonar>ue	
		moverse>ue	

2	3	4	5
		oler*>hue	

*conjugación de oler	
yo	huelo
tú	hueles
él, ella, Ud.	huele
nosotros	olemos
vosotros	oléis
ellos, ellas, Uds.	huelen

► Capítulo XXI

- ¡escucha, Conchi! > imperativo: escuchar
- ¿y cuánto cuesta? > costar
- comunica > comunicar
- serás > futuro: ser
- corriendo > gerundio: correr
- no corras > imperativo negativo: correr

Grupos

2	3	4	5
ser	estar>estoy	tener>ie	gustar
		costar>ue	

► Capítulo XXII

Sin novedades.

► Capítulo XXII a

- dura > durar
- será > futuro: ser
- estará > futuro: estar
- interesa > interesar. Grupo 5

► Capítulo XXII b

- avisan > avisar

► Capítulo XXII d

- recomienda > recomendar>ie (yo recomiendo). Grupo 4

► Capítulo XXIII

- espera > imperativo: esperar
- cruzan > cruzar
- ¿te atreverás? > futuro: atreverse
- entro > entrar
- quieras > presente de subjuntivo: querer

► Capítulo XXIV

- caminan >caminar
- escuche > presente de subjuntivo: escuchar
- no le haga > imperativo negativo: hacer (no haga usted)
- hazte > imperativo: hacer
- que no sufra > presente de subjuntivo: sufrir
- veremos > futuro: ver

► Capítulo XXV

- dé > imperativo: dar
- haga > presente de subjuntivo: hacer
- no diga > imperativo negativo: decir
- tendréis > futuro: tener
- di > imperativo: decir
- empezad > imperativo: empezar
- dirán > futuro: decir
- quieran > presente de subjuntivo: querer

► Capítulo XXVI

- iré > futuro: ir
- te agarra > agarrar
- aceptan > aceptar
- vivamos > presente de subjuntivo: vivir
- subirás > futuro: subir
- abriré > futuro: abrir

► Capítulo XXVII

- echamos > echar
- lanza > lanzar
- se enfada > enfadarse
- y cierra > cerrar>ie (yo cierro). Grupo 4
- ha metido > pp: meter
- abre > abrir

► Capítulo XXVII a

- (yo) propongo > proponer. Grupo 3
- pintemos > presente de subjuntivo: pintar
- preferiría > condicional: preferir
- convencerte > convencer (yo convenzo). Grupo 3

► Capítulo XXVIII

- conseguido > conseguir
- gano > ganar

► Capítulo XXIX

- vuela > volar>ue (yo vuelo). Grupo 4
- ha valido > pp: valer (yo valgo). Grupo 3
- despedirnos > despedirse (yo me despido). Grupo 4
- discutimos > discutir
- formamos > formar
- haría > condicional: hacer
- se fuera > pretérito imperfecto de subjuntivo: irse

- lloraría > condicional: llorar
- no se lo digan > imperativo negativo: decir
- teníamos > pretérito imperfecto: tener

► Capítulo XXX

- mira > imperativo: mirar
- recoge > imperativo: recoger (yo recojo). Grupo 3
- cierra > imperativo: cerrar>ie (yo cierro). Grupo 4
- extiende > imperativo: extender>ie (yo extiendo). Grupo 4
- habrá > futuro: hay
- te perdono > perdonar
- usaré > futuro: usar
- moriré > futuro: morir (yo muero). Grupo 4
- silba > silbar

EXPRESIONES

Ofrecemos aquí una formulación más simple de las expresiones utilizadas.

► Capítulo II a

- y no me como una rosca > no tener oportunidades para una relación amorosa
- bueno, sí, **salgo con Conchi** > tengo una relación con Conchi
- ¡y ya estoy en **quinto de carrera**! > quinto de carrera es el año número cinco de los estudios universitarios o el semestre número diez

► Capítulo V

- (cuando no tienen **chapapote**) > los restos de petróleo después de una marea negra

► Capítulo VI a

- tiene usted toda la razón, **los precios están por las nubes** > los precios están muy altos

► Capítulo VII a

- Javier y Conchi llevan cinco meses de novios > son novios desde hace cinco meses
- hijo, cómo te pones... > por favor, no te alteres

EXPRESIONES

► Capítulo X

- llevamos una cuerda para **saltar a la comba** > saltar a la cuerda

► Capítulo XV

- Conchi, que es un cielo > Conchi, que es maravillosa

► Capítulo XVII

- por mí... > a mí no me importa

► Capítulo XVIII

- pero no le gusta cumplir años y no me deja **tirarle de las orejas** > tirar de las orejas es el modo familiar habitual de felicitar a alguien por su cumpleaños, especialmente a los niños

► Capítulo XIX

- terminar la carrera **tiene su miga** > tener dificultad o complicación

► Capítulo XXII

- y han decidido hacer la mudanza **cuanto antes** > lo más pronto posible

► Capítulo XXIV

- y creo **que ya la tengo en el bote** > que ya es mi novia

- eso es lo que se cree él, pero no **le haga caso** > tomarle en serio
- eso hija, **hazte valer**, pero que no sufra mucho, ¿eh? > intenta que te respeten

▶ Capítulo XXIV

- y **que no haga falta**... > que no sea necesario
- una vieja coqueta, **a esta edad**... > con la edad que tengo...
- Conchi, **a nosotros [háblanos] de tú** > emplea las formas de tú y vosotros, esto es, el tratamiento de confianza en España

▶ Capítulo XXVI

- lo echamos a cara o cruz > (cara y cruz son las partes de una moneda) echar a cara o cruz > elegir entre dos opciones lanzando una moneda y confiando en el azar; previamente, se habrá adscrito una opción a la cara y otra a la cruz

▶ Capítulo XXIX

- todo ha pasado rápido, rapidísimo, casi **sin darme cuenta** > sin notarlo, sin percibirlo
- pero **ha valido la pena** > proporcionar (un esfuerzo) satisfacción finalmente

▶ Capítulo XXX

- ¿nada?, pues **qué pena** > qué lástima

Agradecimientos

A Marta Cormenzana Díez, por su trabajo como correctora de este libro. Quiero sacar de la oscuridad su trabajo y rescatar su función, así como celebrar todas sus sugerencias. Le agradezco el inmenso cuidado y cariño puesto en su tarea, y su generosidad. Este librito no sería un material verdaderamente útil sin su trabajo. Marta Cormenzana Díez es colaboradora en la elaboración del nuevo *Diccionario panhispánico de dudas* de la Real Academia Española.

A Evangelina García Martín, por su colaboración para la revisión del Apéndice didáctico, con quien ha sido un placer comprobar la idoneidad de las propuestas aquí expresadas. Evangelina García Martín es la gerente (Geschäftsführerin) del Centro de idiomas de la Universidad Católica de Eichstätt.

A Carmen Hoz Bedoya, por haber leído el manuscrito durante sus vacaciones y por sus magníficas ilustraciones. Por su paciencia y su entusiasmo. Carmen es profesora de español como lengua extranjera en la Universidad Popular, en Tandem y en el Instituto Cervantes, todos de Berlín.

A Beto Coutinho y a Joaquín Matías, por haber desarrollado toda la estética y la técnica de este proyecto: el libro, la página web y la línea estética de la colección, incluido el logotipo de Edition punto y coma; por haberlo hecho todo con sumo cuidado y cariño. Beto Coutinho es pintor, ilustrador y diseñador, con una interesante obra y varias exposiciones. Joaquín Matías es el experto en informática, además de ser licenciado en Filología de lenguas modernas y profesor de alemán.

Mi estima y mi agradecimiento, por sus sugerencias y su generosidad, a:

Horst Buchmann, Dr. Viviana Di Giacco, Dr. Margarita Görrissen, Christiane Hinke, Dorit Hinke, Luisa, Frank Kreissig, Ángel Martínez Udías, Heinz Mohn, María Rosa Palop, Carolina von Ulm-Erbach, Sophie Wagner-Leroux.

Gracias a Agustín Ibarrola.

Este libro terminó de imprimirse el 25 de mayo
de 2004 en los talleres gráficos JVA Geldern
de la República Federal de Alemania